COLLECTION
MARIUS BERNARD
DE MARSEILLE

NOVEMBRE 1913

COLLECTION

MARIUS BERNARD

DE MARSEILLE

CATALOGUE

DE

FAIENCES ANCIENNES

DES FABRIQUES

De Marseille, Moustiers, Sceaux, etc.

PORCELAINES ANCIENNES

DES FABRIQUES

De Marseille, Mennecy, Allemagne, etc.

PROVENANT DE LA COLLECTION

DE

Monsieur MARIUS BERNARD

De Marseille

ET DONT LA VENTE AURA LIEU A PARIS

HOTEL DROUOT, SALLE N° 11

LES JEUDI 27 ET VENDREDI 28 NOVEMBRE 1913

a deux heures

COMMISSAIRE-PRISEUR

Me HENRI BAUDOIN

Successeur de M. PAUL CHEVALLIER

10, rue de la Grange-Batelière

EXPERT

M. A. VANDERMEERSCH

31 *bis*, rue des Saints-Pères

PARIS

EXPOSITION PUBLIQUE

Le Mercredi 26 Novembre 1913, de 2 heures à 6 heures

CONDITIONS DE LA VENTE

Elle sera faite au comptant.

Les adjudicataires paieron ***dix pour cent*** en sus des enchères.

Paris. — Imp. de l'Art, Ch. Berger, 41, rue de la Victoire.

ORDRE DES VACATIONS

Le Jeudi 27 Novembre 1913

Faïences de Marseille	1 à 46
— Moustiers.	90 à 106
Faïences diverses	123 à 138
Porcelaines de Marseille.	139 à 147

Le Vendredi 28 Novembre 1913

Faïences de Marseille	47 à 89
— Moustiers.	107 à 122
Porcelaines de Marseille.	148 à 156
— diverses.	157 à 179

DÉSIGNATION

FAIENCES DE MARSEILLE

1 — **Porte-perruque** sur piédouche, décor bleu et manganèse à médaillons de personnages et d'habitations. *Fabrique de Saint-Jean-du-Désert.*

2 — **Coupe creuse octogonale.** Au fond, une bergère filant. Le bord divisé en huit compartiments est garni de fleurs et ornements sur fond bleu et manganèse alternés. *Fabrique de Saint-Jean-du-Désert.*

3 — **Sablier octogone**, décor alterné de pans bleus et rouges et de pans à fleurs polychromes. *Fabrique de Le Roy.*

4 — **Deux pots à crème** couverts, à décor polychrome de scènes chinoises. *Fabrique de Robert.*

5 — **Tasse et sa soucoupe**, à bouquets de fleurs polychromes, léger peigne rose sur les bords. *Fabrique de la Vve Perrin.*

6 — **Assiette** à bord contourné, à décor polychrome de bouquets de fleurs et instruments de musique. *Fabrique de Robert.*

7 — **Assiette** semblable à la précédente, avec décor différent.

8 — **Assiette** festonnée. Au fond, bouquet de fruits : pêche, cerises, grappe de raisin et papillon. Filet jaune sur le bord. *Fabrique de Robert.*

9 — **Moutardier** avec son couvercle à piédouche, sur plateau adhérent, à décor de fleurs polychromes. Signé : *V. P.*

10 — **Assiette** festonnée, décorée en plein de bouquets polychromes de fleurs et feuillage imitant le décor de Chine. Au bord, léger lambrequin vert. *Fabrique de Robert.*

11 — **Assiette** à bord festonné. Au fond, une armoirie avec couronne comtale. Sur le marli, une guirlande de ruban agrémentée de fleurs. Bordure cailloutée en vert. Cette assiette parait être une copie d'un décor de Sèvres. *Fabrique de la Vve Perrin.*

12 — **Deux petits cache-pots** à bords contournés légèrement évasés, décorés sur chaque face d'une armoirie polychrome rehaussée de dorure et surmontée d'une couronne comtale. Anses formant branches d'olivier. Le haut est orné d'une dent de loup verte. *Fabrique de la Vve Perrin.*

13 — **Bouquetière-applique**, élevée sur trois pieds, avec couvercle percé de trous. Ornements en relief polychromes. Réserves de bouquets de fleurs. *Fabrique de Fauchier.*

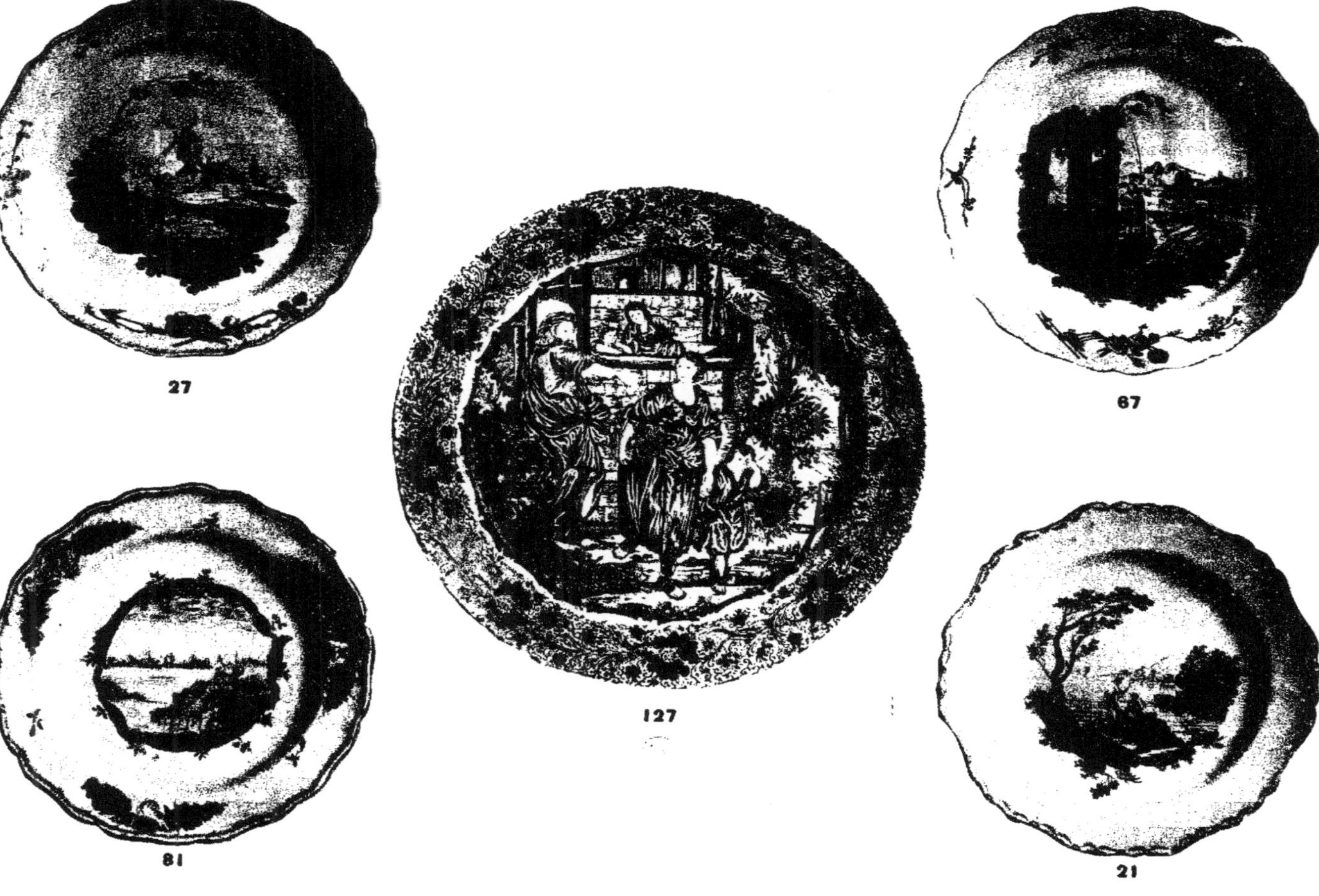

27 — 67 — 127 — 81 — 21

HÉLIO. LÉON MAROTTE

14 — **Vase ovoïde** sur piédouche, décoré en bleu, présentant des cartouches de fleurs sur fond quadrillé et des lambrequins de feuilles d'acanthe sur la gorge et le culot. *Fabrique de Le Roy.*

(*Collection Nicolas, descendant de Le Roy.*)

15 — **Assiette** à bord ondulé, décorée en plein de fleurs polychromes et d'oiseaux et rehaussée de dorure. Assiette dite au Milan. *Fabrique de la Vve Perrin.*

16 — **Pot à crème**, décoré d'un paysage polychrome avec personnages; filet d'or sur les bords et l'anse. *Fabrique de Robert.*

17 — **Assiette**, à décor en camaïeu jaune, représentant au fond, dans un médaillon, une scène pastorale à deux personnages et une inscription autour du marli. *Fabrique de Le Roy.*

18 — **Assiette** fond jaune, à décor de larges bouquets polychromes. Bordure festonnée. *Fabrique de Fauchier.*

19 — **Pot à lait** à bec renversé et son couvercle, décoré de guirlandes de pampres verts et, sur le devant, d'un médaillon de poissons et coquillages en camaïeu rose; anses rocailles. *Fabrique de Robert.*

20 — **Paire de cache-pots**, de forme légèrement évasée, à décor polychrome d'oiseaux sur branchages, anses rocailles. *Fabrique de Robert.*

21 — **Assiette** à bord festonné. Au fond, paysage maritime avec deux pêcheurs. Dentelle dorée sur le bord. *Fabrique de la Vve Perrin.*

22 — **Assiette** à bord festonné, à décor polychrome, présentant, sur le fond, un paysage maritime avec deux personnages sur un rocher au premier plan ; sur le marli, quatre bouquets de fleurs et sur le bord un filet brun. *Fabrique de Bonnefoy.*

23 — **Deux vases-brûle-parfums** couverts. Anses têtes de bélier reliées par des guirlandes de fleurs polychromes en relief; sur les socles formant rocher, deux chiens : l'un couché, l'autre debout. Des fleurs et feuilles polychromes forment le bouton du couvercle. *Fabrique de Sary.*

Haut., 32 cent.

24 — **Assiette** festonnée. Au fond, paysage avec chaumière; au premier plan, deux paysans en conversation. Sur le marli, quatre bouquets de fleurs. Au bord, léger peigne en carmin. *Fabrique de Robert.*

25 — **Assiette** à bord festonné. Au fond et en plein, médaillon représentant deux femmes puisant de l'eau à une fontaine monumentale avec statue et sphinx. Sur le marli, coquilles et brindilles de fleurs. *Fabrique de Robert.*

26 — **Assiette** festonnée. Au fond, un paysage représentant un berger poursuivant des moutons. Dents de loup au fond. *Fabrique de Bonnefoy.*

27 — **Assiette** festonnée. Au fond, un paysage avec moulin à vent ; au premier plan, deux paysans; sur le marli, bouquets, feuillages avec houlettes et flèches. Bordure peignée en carmin. *Fabrique de Robert.*

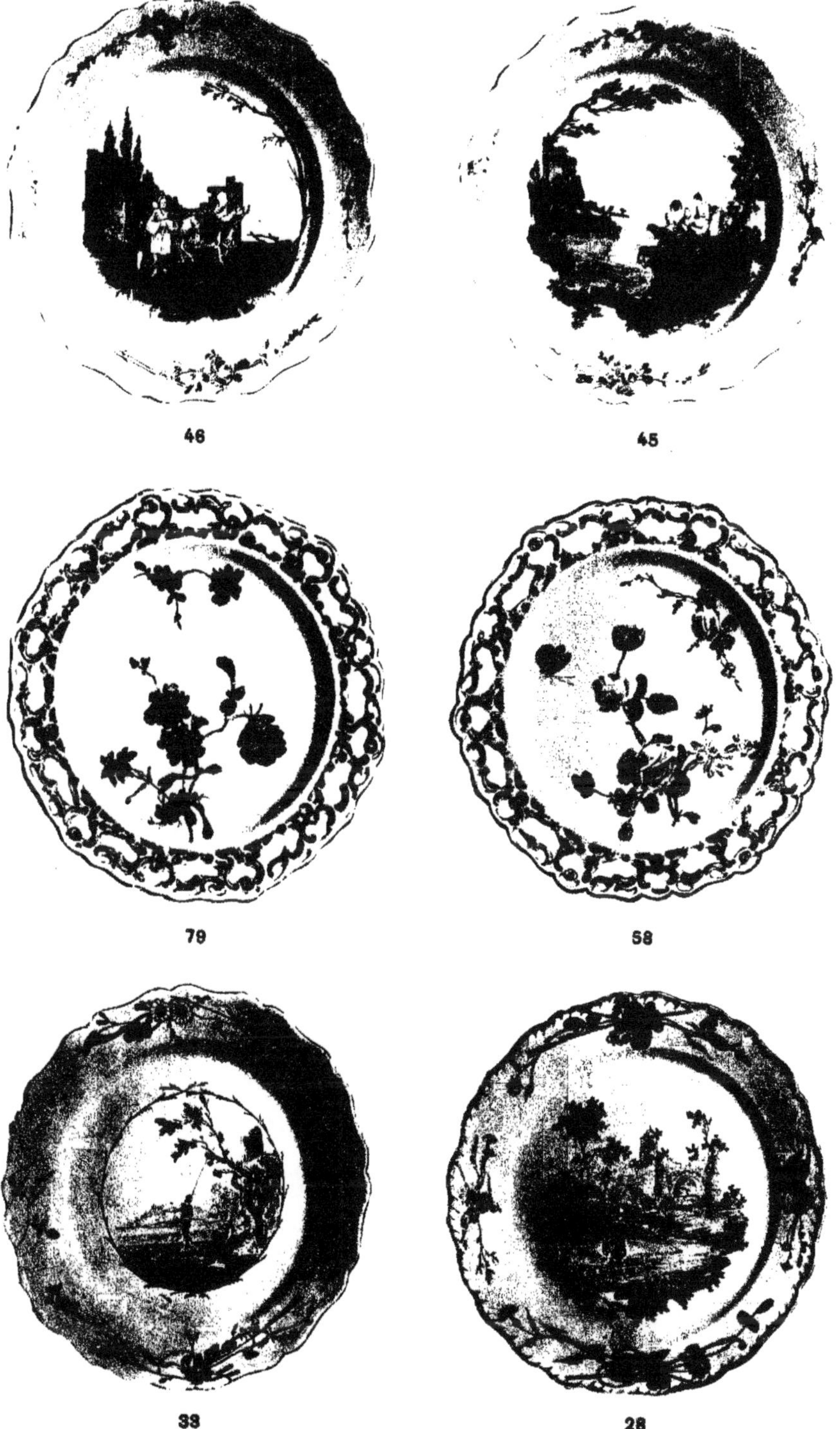

46 — 45

79 — 58

33 — 28

HÉLIO. LÉON MAROTTE

28 — **Assiette** à bord festonné. Au fond, un paysage avec une femme portant une amphore ; sur le marli, des cartouches avec houlettes, chapeaux et fleurs. Bordure peignée en carmin. *Fabrique de Robert.*

29 — **Plat ovale** à bord ondulé, paysage en plein ; au premier plan, près d'une ruine, deux seigneurs causent avec un abbé ; perspective de village maritime ; sur le marli, quatre bouquets avec flèches. *Fabrique de Robert.*

30 — **Bouquetière rectangulaire** sur quatre pieds, de forme Louis XV, à décor en camaïeu brun rouge, représentant des scènes animées dans des paysages. *Fabrique de Savy.* Marquée d'une fleur de lys.

31 — **Cruche** avec couvercle, de forme sphérique, à anse surélevée, décorée en bleu sur chaque face de personnages grotesques entourés de bouquets de fleurs. Sur l'anse et le bec, course d'ornements bleus. *Fabrique de Le Roy.*

Haut., 35 cent.

32 — **Cruche** semblable à la précédente.

Haut., 36 cent.

33 — **Assiette** à bord contourné, à décor polychrome, représentant, au fond, un médaillon contenant un paysage maritime avec pêcheurs et, sur le marli, des bouquets avec arc, flèches, quenouille et corne d'abondance. *Fabrique de Robert.*

34 — **Assiette** à bord festonné, à dentelle d'or ; le fond présente un paysage polychrome à décor de ruines avec personnages. *Fabrique de Robert.*

35 — **Écuelle** couverte avec son présentoir, à décor de larges bouquets de fleurs polychromes avec, aux bords, bordure rose à fond jaune. Anses rocailles, fond jaune rehaussé de carmin et bouton formé d'une fleur à feuilles en relief. *Fabrique de Robert.*

36 — **Assiette,** à décor en camaïeu jaune, représentant, au fond, dans un cartouche Louis XV, une scène galante à trois personnages et une inscription autour du marli. *Fabrique de Le Roy.*

37 — **Pot à crème,** décoré d'un paysage polychrome avec personnages, dentelle d'or sur les bords et sur l'anse. Signé : *V. P.*

38 — **Deux assiettes** à bords lobés ; au marli, bouquets de fleurs polychromes ; au fond, paysage animé. *Fabrique de Bonnefoy.*

39 — **Petite écuelle** couverte et son plateau, à décor de fleurs polychromes, les bords peignés de rose. *Fabrique de Robert.*

40 — **Assiette** à bord festonné, avec, au fond, un paysage animé en camaïeu vert ; sur le marli, des brindilles à décor vert et, sur le bord, dentelure en or. *Fabrique de Robert.*

41 — **Assiette** semblable à la précédente avec un autre paysage.

42 — **Assiette** décorée en bleu, au fond, d'un buste de femme. Le marli est entièrement garni d'un large lambrequin. *Fabrique de Le Roy.*

44

44

75

75

43 — **Assiette** décorée en bleu. Au fond, un buste d'homme. Le marli entièrement garni d'un large lambrequin. *Fabrique de Le Roy.*

44 — **Très grande soupière**, forme d'argenterie Louis XV, élevée sur quatre pieds; le bouton est formé par des poissons et des coquillages décorés au naturel. Le décor de bouquets de fleurs polychromes est divisé en quatre médaillons entourés d'ornements rocaille à reliefs rehaussés de carmin, ainsi que les anses et les pieds. Une guirlande de feuillage bleu relie les cartouches entre eux. *Fabrique de la Vve Perrin.*

Haut., 35 cent.; larg., 40 cent.

45 — **Assiette** à bord doré, avec, sur le marli, quatre bouquets de fleurs avec flèches. Au fond, décor en plein d'un paysage maritime, avec trois personnages de pêcheurs au premier plan. *Fabrique de Robert.*

46 — **Assiette**, présentant au fond et en plein un paysage avec ruines et paysans et paysannes avec un âne, allant au marché ; au marli, quatre bouquets de fleurs et flèches; bordure d'or. *Fabrique de Robert.*

47 — **Deux pots à crème** couverts, à décor de guirlandes et de rinceaux en camaïeu vert. Signé : *R.*

48 — **Deux coquetiers**, formés par des dauphins supportant le porte-œuf, décor en camaïeu vert avec tracé noir. *Fabrique de Savy.*

49 — **Lion héraldique** tenant un cartouche avec monogramme, sur base rectangulaire à décor marbré.

50 — **Deux assiettes** à bords festonnés avec dentelle dorée, garnies de larges bouquets de fleurs polychromes avec insectes. *Fabrique de Robert.*

51 — **Assiette** à bord festonné, brindilles de fleurs et feuilles polychromes au marli ; au centre, dans un petit médaillon Louis XV, un paysage avec berger et moutons. Signée : *Vve P.*

52 — **Pot à crème** à piédouche et son couvercle, à décor de jetées de fleurs polychromes et, aux bords, d'œils-de-perdrix en bleu. Le bouton est formé d'une pomme de pin en rose. *Fabrique de Robert.*

53 — **Pot à crème**, de même forme que le précédent, décor polychrome d'oiseaux sur branchages, filets rose et bleu. *Fabrique de Robert.*

54 — **Tasse et sa soucoupe**, à décor polychrome de bouquets de fleurs et de scènes galante et champêtre, dans des cartouches dorés. *Fabrique de Robert.*

55 — **Théière**, à décor en camaïeu vert de bouquets de fleurs. *Fabrique de Robert.*

56 — **Porte-bouquet** à bord évasé sur piédouche ; sur un fond bleu garni de décor, rehaussé de rouge et de jaune, trois réserves blanches contiennent des ornements en vert. *Fabrique de Leroy.*

Haut., 12 cent.

57 — **Assiette** à bord festonné. Dans le bas, un sujet galant à deux personnages : Jardinier et jardinière ; sur le marli, branches de fleurs. Bordée d'une dent de loup verte. *Fabrique de la Vve Perrin.*

86

56

14

86

78

64

HÉLIO LÉON MAROTTE

58 — **Assiette** à marli ajouré, décor polychrome de bouquets de fleurs avec papillon. Signée : *V. P.*

59 — **Tasse et sa soucoupe**, décor de fleurs polychromes, légère dentelle d'or. *Fabrique de Robert.*

60 — **Tasse et sa soucoupe**, décor de fleurs polychromes, légère dentelle d'or. *Fabrique de Robert.*

61 — **Assiette** à bord festonné, présentant, au fond et dans un médaillon, un berger assis près d'un mouton, et des brindilles de fleurs au marli. *Fabrique de Fauchier.*

62 — **Assiette** festonnée. Au fond, un grand médaillon avec paysage, berger, bergère et moutons. Sur le bord, une légère dentelle d'or. *Fabrique de Robert.*

63 — **Deux assiettes** à bord contourné à fond jaune, décor d'attributs francs-maçonniques variés dans des réserves à fond blanc. Signées : *V. P.*

64 — **Grand cache-pot** cylindrique. Anses formées de mascarons. Largement décoré en polychrome de bouquets de fleurs, d'oiseaux et de personnages grotesques. *Fabrique de Le Roy.*

Haut., 18 cent.

65 — **Assiette**, dite au poisson. Au fond, un groupe de poissons et de plantes marines. Sur le bord, un léger feston vert. *Fabrique de Robert.*

66 — **Assiette** semblable à la précédente.

67 — **Assiette** festonnée, fond décoré en plein d'un paysage avec ruines; au premier plan, deux femmes tenant une ligne; sur le marli, des bouquets avec flèches. *Fabrique de Robert.*

68 — **Cadre rectangulaire** à moulure renversée, couvert d'un décor polychrome de fleurs et feuillages. *Fabrique de Le Roy.*

Haut., 28 cent.; larg., 33 cent.

69 — **Assiette** à bord festonné. Au fond, deux personnes de qualité au milieu d'un paysage avec maisonnette. Dentelure d'or. *Fabrique de Robert.*

70 — **Assiette,** décorée de trois bouquets polychromes au marli. Au fond, dans un cartouche Louis XV, paysage maritime avec deux personnages prêts à s'embarquer. *Fabrique de Robert.*

71 — **Pot à pommade** légèrement côtelé, à décor de deux cartouches polychromes contenant des musiciens en camaïeu rose, séparés par deux larges bouquets de fleurs polychromes. Cette pièce est la copie textuelle d'un pot en porcelaine de Mennecy.

72 — **Théière,** à décor de larges bouquets polychromes; anses et bec camaïeu rose. *Fabrique de Robert.*

73 — **Assiette** à bord festonné, avec dentelle d'or; sur un fond de paysage, deux personnages richement vêtus de costumes orientaux. *Fabrique de Robert.*

74 — **Assiette** à bord festonné, avec dentelle d'or; au fond, dans un paysage africain, deux orientaux causent au premier plan. *Fabrique de Robert.*

77

77

85

HELIO LÉON MAROTTE

75 — **Deux grands cache-pots** à bords festonnés ; anses formées de branches et de feuilles en relief. Décorés en plein sur chaque face de paysages animés représentant différentes scènes de la vie champêtre : pêche, chasse, etc. *Fabrique de Robert.*

Haut., 17 cent.

76 — **Statuette** : « La Marchande de Fleurs ». Sous le bras gauche, elle porte un panier garni de bouquets décorés en polychrome au naturel. Sur socle mouluré de ton marbré.

Haut., 22 cent.

77 — **Grande soupière** élevée, sur quatre pieds, avec anses formant volutes à bordure festonnée, décorée de larges bouquets de fleurs. Les anses et les pieds sont rehaussés de carmin. Sur le couvercle, formant bouton, groupe d'animaux : lièvre, faisan, perdrix et canard, à décor polychrome. *Fabrique de la Vve Perrin.*

Haut., 32 cent.; larg., 37 cent.

78 — **Important groupe**, représentant saint Joseph portant l'Enfant Jésus sur le bras droit. Saint Joseph porte une robe rehaussée de rouge et recouverte d'un ample manteau rehaussé de bleu ; l'Enfant Jésus est vêtu d'une robe polychrome. Socle à gorge, décoré d'une guirlande de feuillage rouge et bleu. *Fabrique de Le Roy.*

Haut., 50 cent.

(*Collection Nicolas, descendant de Le Roy.*)

79 — **Assiette** à bordure ajourée, à décor de fleurs en ver de plusieurs tons. Signée : *Vve Perrin.*

80 — **Écuelle couverte et son présentoir**, à décor en camaïeu vert de bouquets de fleurs; anses rocailles, bouton formé d'une branche de fleurs avec feuilles. *Fabrique de Robert.*

81 — **Assiette** à bord festonné; au fond, dans un cartouche en camaïeu rose, paysage maritime, avec, au premier plan, groupe allégorique d'une source; sur le marli, des cartouches roses avec feuillage vert. *Fabrique de Savy.*

82 — **Deux assiettes**, à décor en camaïeu bleu, représentant, au fond, un grand médaillon à sujet allégorique et, sur le marli, un large lambrequin dans le goût de Bérain. *Fabrique de Le Roy.*

83 — **Corbeille ovale**, forme vannerie, à fond jaune; au fond, large bouquet polychrome. *Fabrique de la Vve Perrin.*

84 — **Deux assiettes** à bords contournés à dentelle d'or, décorées de poissons, coquillages et fleurs polychromes. *Fabrique de Robert.*

85 — **Grand plateau** à bord lobé légèrement relevé, à rocailles en camaïeu rose et décoré, sur le dessus, de grands bouquets de fleurs polychromes. *Fabrique de la Vve Perrin.*

Larg., 47 cent.; long., 55 cent.

85 *bis* — **Grand pot de pommade**, de forme cylindrique, à décor de bouquets de fleurs polychromes. Fine dentelle d'or sur le bord. Le bouton du couvercle est formé d'une fleur avec feuilles en relief. *Fabrique de Robert.*

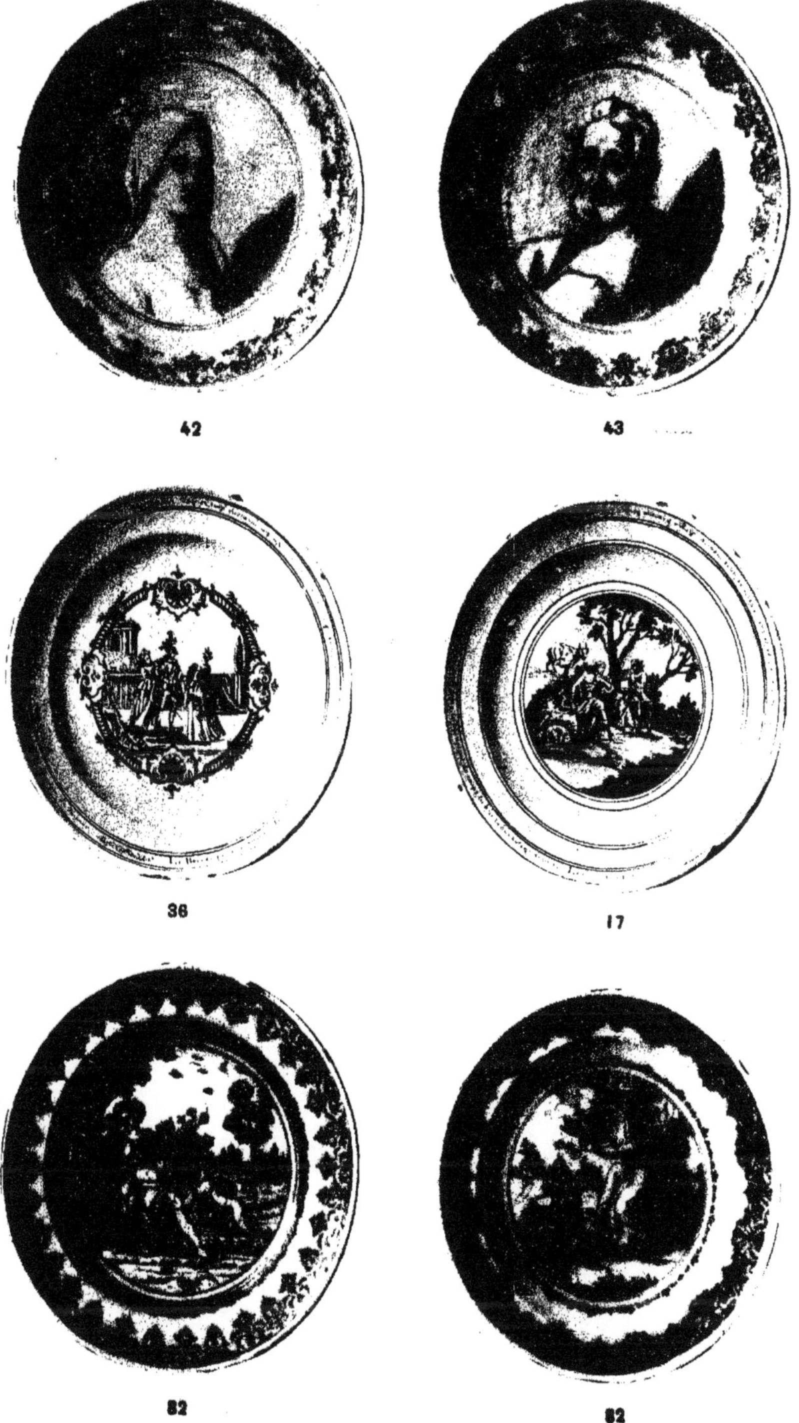
42 43
36 17
82 82

86 — **Très belle et curieuse Chaufferette,** de forme rectangulaire, le dessus ajouré; sur les côtés, sur un fond bleu garni de fleurs en couleurs, des réserves représentant l'une : Orphée aux Enfers; les autres, des personnages de la Comédie italienne; sur le portillon, un animal chimérique lançant des flammes. *Fabrique de Le Roy*. Datée sur le dessus : *1739*.

Haut., 11 cent.; long., 23 cent.; larg., 18 cent.

87 — **Petit pot à pommade,** à décor polychrome de fleurs et insectes. Fine dentelle d'or. Bouton formé d'une fleur avec feuilles en relief. *Fabrique de Robert.*

88 — **Corbeille ronde,** à deux anses, forme vannerie, avec fleurettes bleues en relief; au fond, décor polychrome de poissons, algues et panier. *Fabrique de Robert.*

89 — **Corbeille ovale** à bordure et anses ajourées, décorée de bouquets de fleurs polychromes. *Fabrique de Robert.*

FAIENCES DE MOUSTIERS

90 — **Plaque rectangulaire**, à encadrement mouluré surmonté d'une coquille portant la date : *1755*, décor polychrome de personnages et animaux chimériques.

91 — **Tasse et soucoupe**, décor polychrome, représentant des scènes chinoises dans des médaillons rocailles avec bordure fond rose à écailles. *Fabrique de Férat.*

92 — **Assiette**, décor en camaïeu bleu, représentant, au centre, une chasse dans le goût de Tempesta et, au marli, de petits lambrequins.

93 — **Assiette** à bord contourné, à décor polychrome de cinq médaillons, représentant saint Michel au centre et des amours au marli.

94 — **Assiette**, décor polychrome, représentant, au centre, Saint Michel dans un petit médaillon entouré de fleurs et, au marli, des guirlandes de fleurs. Marque d'*Olérys*.

95 — **Assiette**, décorée en camaïeu bleu, représentant, au centre, un sujet mythologique dans un cartouche dans le goût de Bérain et, au marli, un petit lambrequin.

(*Collection de Remoules, descendant des Clérissy*.)

96 — **Assiette**, décor polychrome, représentant, au centre, Neptune dans un petit médaillon entouré de fleurs et, au marli, des guirlandes de fleurs. Marque d'*Olérys*.

97 — **Verseuse et son couvercle**, décorée en camaïeu bleu d'une allégorie de fleuve dans un cartouche rocaille.

104

112

104

116

100

68

98

HELIO LÉON MAROTTE

98 — **Cadre de glace**, décoré, en camaïeu bleu, de lambrequins dans le goût de Bérain. Aux angles, quatre motifs de forme rocaille en relief.

Haut., 60 cent.; larg., 53.

(*Collection Nodet.*)

99 — **Soulier**, décoré, en camaïeu bleu, d'un portrait de femme dans un médaillon de laurier avec guirlandes de fleurs.

(*Collection Berthon.*)

100 — **Boîte ronde**, présentant, en camaïeu bleu, sur le couvercle, deux armoiries accolées; autour, un lambrequin genre Bérain, et, dessous, une scène galante (sujet mythologique).

101 — **Assiette** à bord contourné, décor polychrome, représentant, au centre, Bethsabée dans un cartouche rocaille et entouré de drapeaux et, au marli, des motifs rocailles et guirlandes de fleurs.

102 — **Moutardier** à bec renversé et son couvercle, à décor polychrome de petits médaillons à personnages dans des guirlandes de fleurs. Marque d'*Olérys*.

103 — **Plateau** sur piédouche, décor polychrome, présentant, au centre, le Triomphe de Bacchus; autour, une couronne et des guirlandes de fleurs; dans le haut, une armoirie.

104 — **Paire de cache-pots** cylindriques, anses mascarons, à décor polychome, représentant des scènes mythologiques dans des médaillons entourés de guirlandes de fleurs. Marque d'*Olérys*.

105 — **Assiette** à bord contourné, décor polychrome, représentant, au centre, le dieu Mars, et, au marli, des guirlandes de fleurs.

106 — **Écuelle** à ailettes plates, avec plateau et couvercle, représentant, en camaïeu bleu, des sujets mythologiques dans des médaillons entourés de feuillage jaune; au marli et sur l'écuelle, des guirlandes de fleurs polychromes.

107 — **Bougeoir** à piédouche, à décor de bouquets de fleurs polychromes. Marque d'*Olérys*.

108 — **Grande cuvette ovale** à bord festonné, décor polychrome, représentant, au fond, une scène mythologique dans un encadrement rocaille et, autour, des chutes d'ornements dans le goût de Bérain.

109 — **Assiette** à bord contourné, représentant, au centre, un sujet mythologique ; guirlandes de fleurs au marli.

110 — **Cruche** à anse surélevée, décor polychrome, représentant deux médaillons à sujets mythologiques entourés de guirlandes de fleur . Marque d'*Olérys*.

111 — **Boîte à poudre** cylindrique, décorée, en camaïeu bleu, de lambrequins dans le goût de Bérain.

112 — **Petite bouteille**, décor polychrome de personnages, de fleurs et d'oiseaux chimériques.

113 — **Grande boîte à poudre** cylindrique, décor polychrome, représentant, sur le couvercle, une scène à personnages chinois et oiseaux et, sur la boîte, des bouquets de fleurs.

117

114

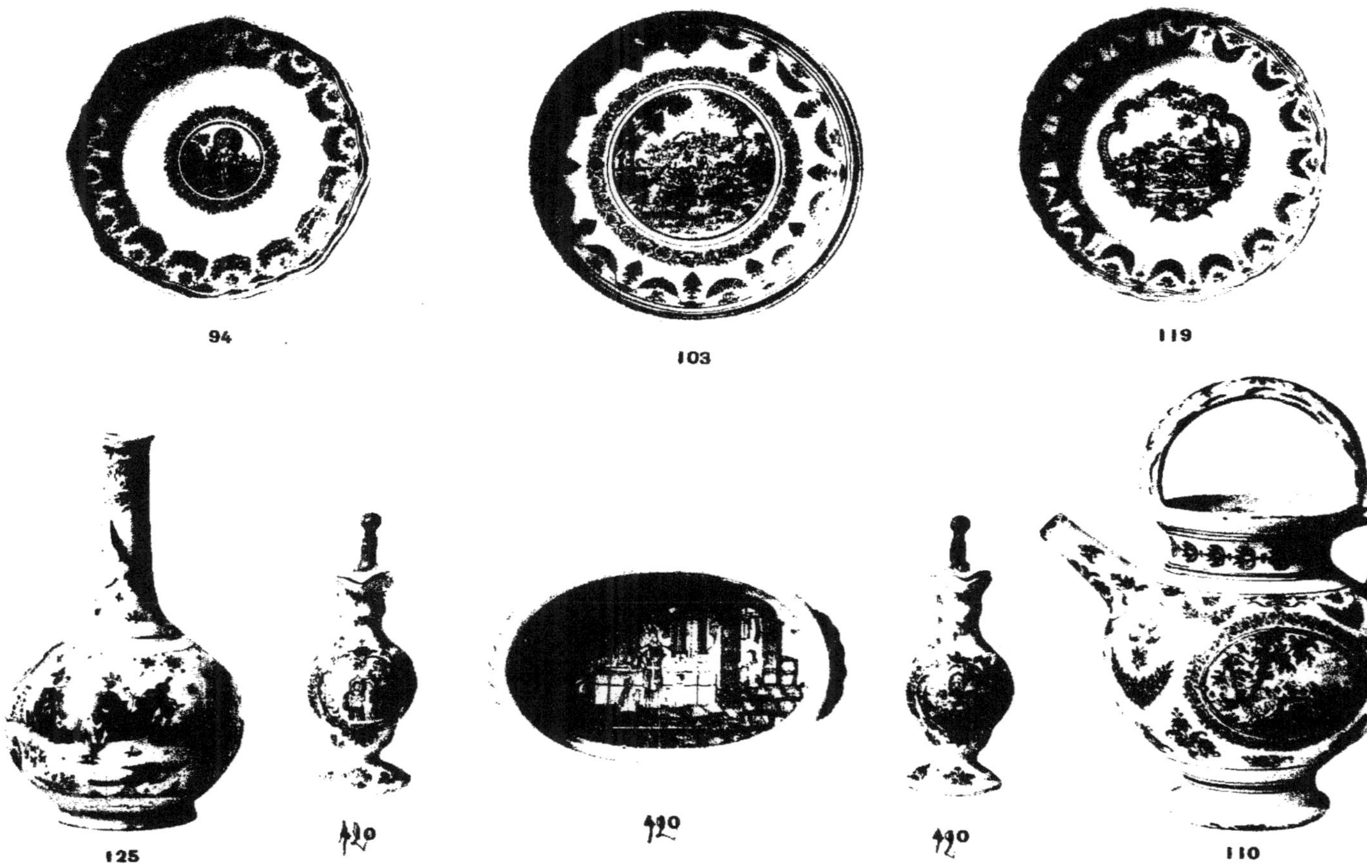

94 — 103 — 119

125 — 120 — 120 — 120 — 110

HÉLIO LÉON MAR

114 — **Grand plat rond**, décor en camaïeu bleu, représentant, au fond, une scène biblique et, au marli, un lambrequin dans le goût de Bérain.

Diam., 56 cent.

115 — **Grand plat ovale** à bord contourné, décor polychrome, représentant, au fond, Diane dans un cartouche rocaille entouré de drapeaux et, au marli, des ornements rocailles avec guirlandes de fleurs et drapeaux.

116 — **Petite bonbonnière**, à décor polychrome représentant, dessus et au fond, un personnage et un amour dans un fond de paysages; autour, une guirlande de fleurs.

117 — **Grand plat**, décor en camaïeu bleu, représentant, au fond, une grande armoirie et, au marli, un large lambrequin.

Diam., 56 cent.

118 — **Bouquetière** avec son couvercle, élevée sur trois pieds à ornements de cariatides et de rocailles en relief, à décor polychrome, représentant, sur le devant, deux baigneuses.

119 — **Assiette** à bord contourné, décor polychrome, représentant, au centre, Narcisse dans un cartouche Louis XV et, au marli, des guirlandes de fleurs.

120 — **Petit bassin** et ses deux burettes, à décor polychrome, représentant, au fond du bassin, la Célébration de la Messe et, à l'extérieur, des guirlandes de fleurs ; sur une burette, le Baptême du Christ et, sur l'autre, la Cène, dans un médaillon rocaille entouré de fleurettes. Sur les couvercles des burettes, des têtes d'anges. Marque d'*Olérys*.

121 — **Paire de vases** sur piédouches, à anses torses, décor polychrome, représentant la Vierge entourée d'anges.

122 — **Plaque à pans**, de forme octogonale. Décor polychrome, représentant des grotesques, d'après la gravure de Callot : « La Tentation de Saint Antoine », où les diablotins sont figurés par des singes. D'où le nom : *Plaque aux Singes.*

Sept scènes différentes sont reproduites : le Banquet, la Peinture, le Triomphe de Bacchus, une chasse, une scène d'intérieur, une scène de Malade imaginaire et une scène champêtre avec orchestre.

Cette pièce est entourée d'un cadre à double baguette coupée de dentelure et surmontée d'une jolie coquille. Pièce unique tant par son importance que par la qualité du décor. On peut la considérer comme un chef-d'œuvre de la céramique de Moustiers.

Haut., 41 cent.; larg., 50 cent.

122

FAIENCES DIVERSES

123 — **Écuelle** et son couvercle à ailettes, forme coquille, décor polychrome de personnages chinois et de fleurs. Faïence terre de pipe.

124 — **Bayreuth.** Assiette en faïence brune, décorée, en or, d'une rosace au fond et d'un lambrequin sur le marli.

125 — **Alcora.** Bouteille, à décor polychrome, représentant des scènes de grotesques avec animaux chimériques et fleurs.

(*Collection d'Yanville.*)

126 — **Delft.** — Assiette polychrome, à décor dit au cœur sur fond vert.

127 — **Delft.** Plat, à décor polychrome rehaussé d'or, représentant, au centre, une scène biblique : la Samaritaine, et, au marli, une guirlande de fleurs et feuillage.

Diam., 55 cent.

128 — **Strasbourg.** Vase-brûle-parfums, de forme ovoïde, sur piédouche, avec son couvercle, décor polychrome de Chinois au bord de l'eau ; anses branches de laurier.

129 — **Strasbourg.** Pot à lait et son couvercle, bec renversé; anse garnie de fleurs en relief, à décor de bouquets de fleurs polychromes. Faïence de Hannong, marquée : *P. H.*

130 — **Niederwiller.** Verseuse à panse renflée et son couvercle, décorée d'un bouquet de fleurs polychromes.

131 — **Niederwiller.** Statuette, représentant une baigneuse appuyée sur un tronc d'arbre, socle carré, décor polychrome.

132 — **Niederwiller.** Groupe de deux enfants avec chien : les Dénicheurs de nid, décor polychrome rehaussé de dorure.

133 — **Niederwiller.** Groupe de deux personnages : les Mangeurs de bouillie, à décor polychrome rehaussé de dorure.

134 — **Pesaro.** Service d'accouchée, à décor polychrome, représentant, au centre, des ruines et, au bord, des bouquets de fleurs, avec large dentelle d'or au pourtour.

135 — **Rouen.** Deux pots à crème couverts, à décor de bouquets de fleurs polychromes. Faïence de Rouen, de *Levavasseur*.

136 — **Rouen.** Moutardier sur plateau adhérent et son couvercle, décorés de bouquets de fleurs polychromes, en faïence de Rouen, de *Levavasseur*.

137 — **Sceaux.** Bouquetière simulant une caisse à fleurs, de forme cubique, surmontée de quatre boules aux angles, à décor en relief de médaillons polychromes, représentant des attributs divers sur fond vert rehaussé de dorure.

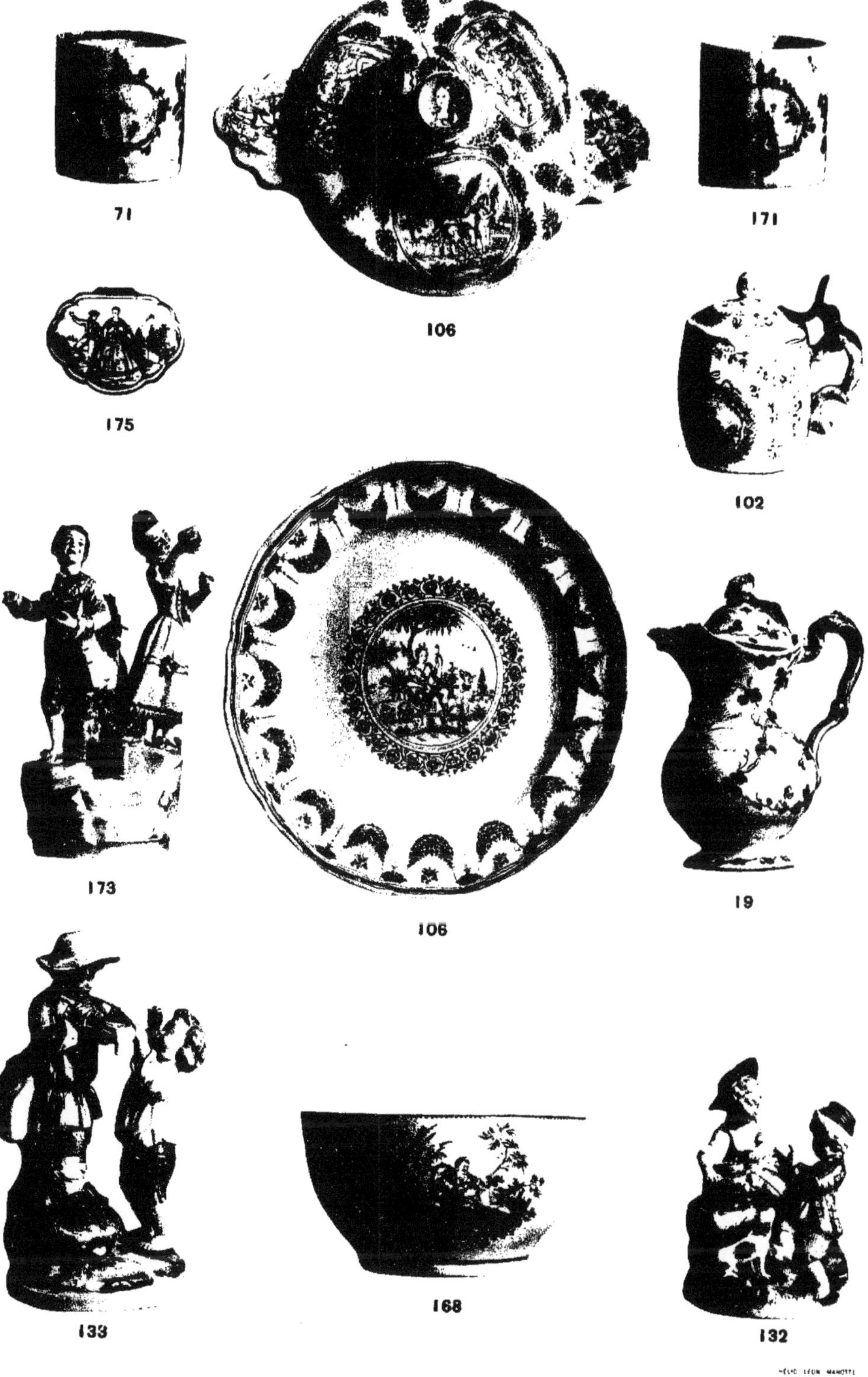

71 106 171

175 102

173 106 19

133 168 132

138

138

138 — **Sceaux**. Important groupe. Autour d'un fût de colonne cannelé, enguirlandé de laurier et sur un piédestal carré, quatre personnages debout figurent les quatre parties du monde; entre elles, des cornes d'abondance laissent échapper des fleurs et fruits. Décor polychrome rehaussé de dorure. Marqué d'une fleur de lys : *S. C.*

Haut., 26 cent.; larg., 27 cent.

PORCELAINES DE MARSEILLE

139 — **Pot à lait**, présentant, sur le devant, un bouquet de fleurs polychromes dans un encadrement vert. Marque : *Ṙ*.

140 — **Pot à lait** couvert, décoré de bandes polychromes alternant avec des bouquets de roses.

141 — **Pot à lait** couvert à bec renversé, décoré de bouquets de fleurs polychromes.

142 — **Deux tasses-mignonnettes** à deux anses, à décor de bouquets de fleurs polychromes. Marque : *R*.

143 — **Grande tasse droite** couverte avec sa soucoupe, décorée, sur le devant et dans la soucoupe, de grands médaillons d'amours en grisaille, lambrequins et guirlandes d'or. Bouton du couvercle formé de fleurs et feuilles polychromes.

144 — **Pot à lait** à bec renversé avec couvercle, à décor de guirlandes de fleurs polychromes et de rocailles or. Marque : *R*.

145 — **Cache-pot** à piédouche, à décor polychrome de bouquets de fleurs et rubans, rehaussé de dorure. Anses forme branchage. Marque : *R*.

146 — **Paire de vases-brûle-parfums**, décorés en or de bouquets de fleurs et d'un petit lambrequin. Anses imitant le corail, garnies de fleurs et feuilles polychromes en relief. Marque : *Ṙ*.

153 153 153

152 153 153

146 148 146

155 155

147 — **Moutardier** avec couvercle, à décor de bouquets de fleurs polychromes. Marque : *R*.

148 — **Vase,** forme balustre, à deux anses, décoré en relief de guirlandes de laurier vert soutenues par des rubans de couleur. Le col est décoré d'écailles et de rubans. Le tout est rehaussé de dorure.

149 — **Grande tasse droite** couverte, avec sa soucoupe, décorée, en camaïeu rose et bleu, de guirlandes de fleurs et rubans rehaussés de dorure. Le bouton du couvercle est formé de fleur et feuilles.

150 — **Grande tasse droite** et sa soucoupe, décorée d'une large armoirie, représentant les armes des Borely ; aux bords, lambrequins polychromes et dorés.

(*Collection Nodet.*)

151 — **Petite verseuse** à trois pieds, décorée, sur le devant, d'oiseaux polychromes dans un cartouche doré. Dentelle d'or au bord.

(*Collection Nodet.*)

152 — **Pot à lait** avec couvercle, à cannelures avec godrons dorés. Le bec est formé par un mascaron polychrome. Monture bronze doré.

153 — **Service tête-à-tête,** comprenant : deux tasses droites, un sucrier, une théière et un pot à lait, à décor de paysages polychromes animés entourés de couronnes de laurier d'or avec lambrequins polychromes sur les bords.

154 — **Moutardier**, à décor de bouquets de fleurs polychromes. Le couvercle est fixé par une ancienne monture. Marque : *Ṙ*.

155 — **Deux assiettes** à bord ondulé, à décor polychrome, présentant, au fond, des paysages maritimes avec personnages au premier plan dans un médaillon rond; au marli, large bordure d'or.

156 — **Brûle-parfums**, de forme ovoïde, à décor de guirlandes de pensées polychromes en relief reliant les anses à formes de tiges. Le fond est agrémenté de bouquets de fleurs en or. Marque : *Ṙ*.

PORCELAINES DIVERSES

157 — **Nyons.** Œillère à godrons en relief, décorée d'un semis de fleurs polychromes et or.

158 — **Paris.** Pot à fard, décoré d'oiseaux polychromes sur terrasses.

159 — **Allemagne.** Boîte à thé et son couvercle, décor polychrome d'un sujet militaire et de bouquets de fleurs.

160 — **Ludwigsbourg.** Pot à lait et son couvercle, à décor polychrome, représentant une scène champêtre dans le goût de Teniers.

161 — **Frankenthal.** Statuette de femme debout, portant un mouton sous son bras, à décor polychrome. Marque : *P H.*

162 — **Frankenthal.** Statuette d'homme couché, jouant de la cornemuse sur une terrasse de rochers et feuillages, à décor polychrome.

163 — **Saxe.** Chope à anse, à panse renflée, décor polychrome de bouquets de fleurs dans des médaillons rocailles légèrement renflés. Rehauts de dorure.

164 — **Saxe.** Statuette d'Arlequin assis, jouant de la cornemuse ; décor polychrome.

165 — **Saxe.** Statuette de femme, tenant un panier de fleurs, à décor polychrome.

166 — **Saxe**. Statuette de berger assis, jouant de la cornemuse ; son chien est couché à ses pieds.

167 — **Saxe**. Sucrier à panse renflée et son couvercle, à décor polychrome de scènes pastorales avec, sur les bords, large lambrequin bleu à écailles.

168 — **Tournay**. Grand bol, à décor polychrome de scènes chinoises sur fond de paysage, à bordure dentelée or. Marque : *Aux Épées d'or.*

169 — **Mennecy**. Deux pots à pommade lobés avec couvercles, à décor polychrome de bouquets de fleurs. Marque : *D. V.*

170 — **Mennecy**. Tasse couverte avec sa soucoupe, anse torsade, décorée de bouquets polychromes, bordure d'or. Marque : *D. V.*

171 — **Mennecy**. Pot à pommade légèrement côtelé, à décor de deux cartouches contenant des musiciens en camaïeu rose séparés par deux larges bouquets de fleurs polychromes. Marque : *D. V.*

172 — **Mennecy**. Moutardier, forme tonnelet, sur plateau ovale adhérent et son couvercle, décor de bouquets de fleurs polychromes. Marque : *D. V.*

173 — **Mennecy**. Groupe de deux personnages : Jardinier et vendangeuse, sur terrasse élevée, à décor polychrome rehaussé de dorure.

Haut., 17 cent. 1/2.

174 — **Saint-Cloud**. Pot à pommade cylindrique et son couvercle, à décor de lambrequins bleus.

t
Marque : S C
T
H

175 — **Saint-Cloud.** Drageoir, de forme lobée, à décor polychrome de personnages sur fond de paysage. Ancienne monture en argent.

176 — **Sèvres.** Tasse-trembleuse couverte, à décor de bouquets de fleurs polychromes, filets bleus.

177 — **Sèvres.** Deux pots à sorbets, décorés de bouquets de fleurs polychromes et de peigne bleu sur le bord.

178 — **Sèvres.** Statuette en biscuit tendre de joueur de fifre, assis sur un rocher. Marque : *F.*

179 — **Venise.** Statuette de joueur de guitare debout, accoté à un tronc d'arbre, sur un socle adhérent ; décor polychrome.

180 — Pièces omises au catalogue.

www.ingramcontent.com/pod-product-compliance
Ingram Content Group UK Ltd.
Pitfield, Milton Keynes, MK11 3LW, UK
UKHW020937180726
13838UKWH00002B/993